17

L'ÉPIDÉMIE
FRANÇAISE,
SATYRE.

Un tas d'hommes perdus de dettes & de crimes,
Que pressent de mes loix les ordres légitimes,
Et qui désespérant de les plus éviter,
Si tout n'est renversé, ne sauroient subsister.

CORNEILLE.

DE L'IMPRIMERIE DE LA LUNE,

Dans le Palais où Astolfe a retrouvé la raison de Rolland.

1790.

DEDICACE

A M. l'Abbé Maury.

Toi, qu'outrage le peuple et qu'honore le sage,
Toi, dont le plus grand tort est d'avoir eu raison,
Abbé noble, éloquent, je t'offre cet Ouvrage;
Qu'on l'accueille par-tout en faveur de ton nom;
Que ce nom redouté devienne son égide,
Et bravant la cabale et les séditieux,
Au peuple, ainsi que toi, qu'il dessille les yeux;
Et démasque à jamais un parti Régicide.

AVIS.

CETTE Satyre est un Dialogue entre un Patriote (1) et les Muses. L'Auteur, peu amateur des scènes charmantes qu'a donné à la Capitale le beau sexe des Halles, avoit saisi ce moment de récréation de la part des Parisiens pour voyager chez l'Etranger. C'est dans le cours de ses voyages qu'il a composé cet Ouvrage. Il le restitue aux Parisiens à qui il appartient de droit, puisque ce sont eux qui lui en ont fourni les matériaux.

---

(1) Il est clair que l'être qu'on nomme Patriote ici, n'en a que le nom.

» Il usurpe un beau titre & n'en a pas l'effet. »

Je ne donnerai pas la définition de ce mot : le vrai Patriotisme est comme l'honneur, il se sent mieux qu'il ne s'explique.

L'ÉPIDÉMIE FRANÇAISE.

SATYRE.

LES MUSES (*) UN PATRIOTE.

LE PATRIOTE.

LE front encor paré des fleurs de la jeunesse,
O vous, jadis l'amour de Rome & de la Grece,
C'est trop long-tems languir dans un honteux repos;
MUSES, reparoissez, & chantez nos Héros.
Vos accords, autrefois, consacrés aux grands hommes,
Resteroient-ils oisifs dans le siècle où nous sommes?

LES MUSES.

Vos Héros! qui sont-ils?

LE PATRIOTE.

Ne le savez-vous pas?
Quoi donc, ignorez-vous ce qu'on fait ici bas?

(*) *On sent que les Muses sont comme la Nation Française, qu'elles parlent par Représentant, c'est-à-dire qu'une prend la parole pour toutes.*

LES MUSES.

Oui, sans doute : aujourd'hui rarement les Poëtes
Nous attirent encor dans les lieux où vous êtes.
Paris a méconnu nos accords séduisans;
Et nous n'y venons plus quatre fois en dix ans.

LE PATRIOTE.

Ce que vous m'apprenez me paroît bien étrange;
Et quoi ! pour nourriçon, n'avez-vous pas Saint-Ange?
Déglantine (1), Falet, le Comte de Langeac,
Mille autres noms parant votre bel Almanach;
Et le fameux Imbert, *ci-devant* à la mode.

LES MUSES.

Ces illustres Messieurs, par un art plus commode
Conforme au goût du jour, se passent bien de nous,
Et que ferions nous, même, aujourd'hui parmi vous
Sans l'aimable Colin, & la Muse facile,
De cet Abbé charmant, Traducteur de Virgile?
C'en est fait pour jamais, nous quitterons vos bords,
La France est insensible à nos tendres accords :
Dans notre asyle, hélas ! paisible & solitaire,
Nous regrettons encor la perte de Voltaire.

LE PATRIOTE.

Laissez-là les soupirs, Mesdames, s'il vous plaît.
Par tant d'objets divers le Français fut distrait,
Qu'il a pu quelque temps mettre en oubli vos charmes;
Mais un seul jour suffit pour essuyer vos larmes.
Reprenez vos accords; pleines d'un feu nouveau,
Célébrez d'Orléans & le grand Mirabeau,
L'Abbé Sieyes, Barnave & tant d'hommes sublimes,

Dignes de votre encens, ainsi que de vos rimes.
N'oubliez pas non plus ces braves Charbonniers,
Et de Bicêtre encor les nobles prisonniers.
Songez à ce grand jour où leur courage brille,
Aux exploits de la Grêve, à ceux de la Bastille;
Voilà, certes, voilà des faits dignes de vous.

LES MUSES.

Allez les raconter à l'Hôpital des fous (2),
Et laissez, croyez-moi, vos gazettes vénales,
Trompetter en tous lieux ces beaux exploits des Halles;
Vos grands hommes du jour, de la fange tirés,
D'un brillant oripeau noblement décorés;
Mais nous, ah! nous serions vraiment bien compromises
Si nous allions chanter vos illustres sottises.
On nous avoit conté vos lourdes visions;
Nous avons beaucoup ri de vos prétentions.
Quel ridicule heureux! quelle belle matiere!
Pour vos Jourdains nouveaux que n'est-il un Moliere (3).
Son pinceau saisiroit avec feu ces objets.
On se plaint chaque jour qu'on manque de sujets,
N'en voilà-t-il pas un?

LE PATRIOTE.

O Déesses ingrates!
Vous n'êtes, je le vois, que des Aristocrates (4).
Vos esprits sont imbus d'antiques préjugés.
Vous osez censurer nos principes changés,
Nos bourgeois anoblis, Paris devenu libre,
Nos travaux approuvés du Gange jusqu'au Tibre?
Nos principes perçant en cent climats divers,
Pour rendre libre enfin cet esclave Univers (5)!

Si Dumoulin (6) toujours, nous seconde et nous prône.
Dans peu nous renversons le sophi de son trône (7).
On admire en tous lieux nos plans bénins et doux;
Cadet l'apothicaire (8) a beaucoup fait pour nous.

LES MUSES.

Bon, pour faire valoir vos projets débonnaires,
Qu'aviez-vous donc besoin de vos apothicaires?
Dans d'absurdes pamphlets entassez de grands mots, (9)
C'est un secret certain pour vous gagner les sots,
Il remplira le but que Paris se propose,
Soyez maigres en vers, et boursouflés en prose.
Pour imiter Mercier, *renversez tous les arts.*
L'esprit peut en ce jour admettre ces écarts.
Pourquoi s'assujettir à des regles communes?
Libres, ne souffrez plus leurs gênes importunes:
Votre assemblée alors, regorgeant de Normands,
Verra de tous côtés encenser ses *romans.*

LE PATRIOTE.

Vous blâmez l'assemblée et son patriotisme?

LES MUSES.

Nous blâmons vos travers, l'horrible fanatisme,
Qui reparoît encor dans les murs de Paris.
Plus habile en ce jour il gagne les esprits,
Et plâtrant à propos son naturel fantasque,
Il se dit philosophe et n'en a que le masque.

LE PATRIOTE.

Nous, fanatiques?

LES MUSES.

Oui,

LE PATRIOTE.

Parlez plus à propos,
Allez, le fanatisme est bon pour vos bigots,
Pour des lourdauds privés de toute expérience.

LES MUSES.

Vous êtes, mes amis, plus lourdauds qu'on ne pense.

LE PATRIOTE,

Nous parler sur ce ton, parbleu ! c'est un peu fort.
Prouvez-nous donc, au moins, en quoi nous avons tort.

LES MUSES.

Volontiers.

LE PATRIOTE.

Depuis peu, sur toutes ces matieres,
Nous avons, comme on sait, acquis bien des lumieres.
Le plus petit commis, politique nouveau,
Pourroit faire la barbe à Jean-Jacques Rousseau (10).

LES MUSES.

Vos commis font pitié, leur ridicule assomme ;
Méditez mes amis un peu plus ce grand homme.
Ah ! loin de partager vos coupables excès,
Chacun de ses écrits feroit votre procès.
Le mot de liberté vous séduit, vous égare :
Libres et corrompus, quel ensemble bizarre !
Ecoutez la raison au milieu des clameurs,
Pour être vraiment libre, il faut avoir des mœurs (11).
En avez-vous ? parlez. Sans foi, plein d'artifices,
Subjugué par le luxe, esclave de vos vices,
Et courbé sous le joug de la cupidité,

Vous osez prononcer le mot de liberté !
Sur les débris épars de l'antique noblesse,
La crapule enrichie éleve sa bassesse ;
Pour atteindre à ce but elle trouve un moyen,
Elle va balotant le nom de citoyen ;
Le donne à tous venants, à juifs, porte-faix, nobles,
Aux hommes vertueux, ainsi qu'aux plus ignobles ;
De sorte que ce mot, aujourd'hui si bannal,
Est d'un plan monstrueux devenu le signal.
Vous nommer citoyens ! quelle aveugle manie !
En avez-vous l'honneur, les vertus, le génie ?
O mânes des Romains, sortez de vos tombeaux,
Confondez ces gens vils, ces atômes nouveaux
Qui, devant des béats, montés sur des échasses,
Profanent sans pudeur le titre des Horaces !

LE PATRIOTE.

Eh ! retenez de nous ce principe, une fois,
Nos vices sont produits par les mauvaises lois :
Oui, toute autre systême est une erreur grossiere.
Consultez là-dessus Chapellier, Robespierre,
Le doucereux Bailly, l'ambitieux Target,
Le financier Laborde et mon cousin Lameth (12).
Ces Messieurs n'iront pas, quoiqu'en dise l'envie,
Réformer pour vous plaire et leurs mœurs et leur vie.
De nos fonds chacun d'eux peut nourrir sa catin,
Pourvu que Mirabeau prêche soir et matin.
On nous dit que cet homme est un fourbe, un infâme,
Pétri d'ambition, sans honneur et sans ame,
Et qu'importe après tout ses crimes prétendus ?
N'a-t-il pas anobli les cousins des pendus ?

Cet article doit faire honneur à notre histoire.

LES MUSES.

Le beau titre en effet, pour voler à la gloire !
Français, jadis si grands, qu'êtes-vous devenus ?
Quel poison vous enivre et vous a prévenus ?
Raisonneurs avilis, vous traitez de chimeres
L'opprobre qu'enfantoit les crimes de vos peres !
Le fils d'un usurier, cachant son deshonneur,
Sous l'éclat emprunté d'un luxe suborneur,
Nourri dans la rapine, et traîné dans la fange,
Va donc rivaliser, par ce principe étrange,
Les enfans généreux, des Couci, des d'Estin?
O France, désormais, quel sera ton destin !

LE PATRIOTE.

Qu'y faire ? des vertus l'on aime un peu l'affiche,
Puis, qu'importe l'honneur, pourvu que l'on soit riche ?
Messieurs de l'Assemblée en sont bien convaincus,
A la place du nom ils ont mis les écus.

LES MUSES.

Ils font voir en cela leur sage politique.

LE PATRIOTE.

Oui, cependant contre eux s'acharne la critique
Et d'un parti mourant les nombreux escadrons;
Mais laissez faire un jour, nous les *lanternerons*. (13)
Quant à ce d'Avri***** qui fit gémir la presse
Pour vanter sottement les droits de la noblesse;
S'il revient de Bruxelle, aujourd'hui son abri,
Nous l'enverrons noyer avec l'abbé Maury.
Mais à propos d'Abbés, les coquins, les infâmes,
D'oser . . . . .

LES MUSES.

Qu'ont-ils donc faits ?

LE PATRIOTE.

Ce qu'ils ont fait mesdames ?
C'est ma foi bien à eux de soutenir leurs droits;
Tout doit appartenir à nous autres Bourgeois.
Quoi, ne formons-nous pas, selon notre système,
La Nation?

LES MUSES.

Qui, vous ?

LE PATRIOTE.

Et oui : Sieyes lui même,
Dans ses écrits profonds, nous l'a très-bien prouvé ;
C'est un fait que parbleu nous n'avons pas rêvé.
Qu'on cesse de prôner les citoyens de Rome,
Nous les surpassons tous, témoin les droits de l'homme.
Oh, ma foi ce chef-d'œuvre est le comble de l'art;
Les dames de la halle en seront le rempart.

LES MUSES.

Fort bien : oui, les secours de cette classe illustre,
Vont sur ce siecle heureux répandre un nouveau lustre.
Pour soutenir encore le fruit de vos travaux,
Vous aurez les mouchards, les gueux, les maq ***,
Tous gens déterminés, qui d'une ardeur égale,
Sauront bien surpasser les dames de la halle.
Après avoir servi ses infâmes amours,
A *Philippe* ils devoient vendre encor leurs secours.
On nous a révelé ces intrigues secrettes,
Que voiloient prudemment vos sublimes gazettes.

Ce

Ce forfait est resté dans l'ombre de la nuit (14);
Mais il faut que par nous le monde en soit instruit.
Il faut que ce complot, cette horrible aventure,
Epouvante ce siecle et la race future.

Sous son empire heureux, le Monarque français,
Voyoit fleurir les arts, l'abondance et la paix.
La police invisible et présente à toute heure,
Préservant l'habitant, veilloit sur sa demeure;
En écartoit les vols, les crimes odieux,
Et faisoit regner l'ordre et le calme en tous lieux.
Plus de ces attentats, dont l'horrible mémoire,
De l'autre siecle encor souille et ternit l'histoire:
Sans crainte des filoux, des brigands, des esprits,
A minuit on erroit dans les murs de Paris.
Thémis avec ardeur poursuivoit les coupables;
Et l'affreuse licence aux projets détestables,
Jadis par les Bourbons replongée aux enfers,
De rage et de fureur rugissoit dans les fers.
Lorsque l'ambition, cette déesse altiere,
qui tire du néant, plonge dans la poussiere,
Le mortel qu'à son gré le caprice a choisi,
Paroit chez d'Or***, et d'un ton radouci,
A cet être impudique adresse ces paroles:

» Jusqu'à quand la molesse & les plaisirs frivoles,
» Retiendront-ils tes sens en leurs bras endormis?
» Secoue enfin ta honte, et fais toi des amis.
» Va, le Parisien imbécile, crédule,
» Malgré ton peu de cœur va te croire un hercule.
» Oui, tu pourras sans peine éblouir les esprits;
» Remplis de tes vertus le journal de Paris.

» Voici l'occasion, sois populaire, donne,
» Ma main peut de Louis renverser la couronne.
» J'ai, pour y réussir, un systême nouveau;
» Et déjà j'ai gagné Bar***. et M***.
» Que dis-je, à te servir mon ardeur les excite,
» D'Au***., ce beau prélat, sera leur acolyte.
— Quoi, l'évêque d'Au*** est ponr nous aujourd'hui?
» Hé oui, l'abbé Si*** travaille dessous lui (15).
» Ces gens nous sont vendus, nos machines sont prêtes,
» Et nous ferons dans peu tourner toutes les têtes.
» Je vois de sots bavards, et cent esprits mesquins
» Calquer tous les Français sur les Américains.
» Tant mieux : de la licence ils aiguisent les armes.
» Aux yeux d'un peuple aveugle elle a toujours des charmes,
» Je cours rompre ses fers ». Cette Déesse alors
Se plonge tout-à-coup dans l'abyme des morts,
Dans ce gouffre profond, elle perce, s'élance,
Et droit, sans s'égarer, vole vers la licence.
Sur le sommet d'un roc, aux mortels inconnu,
Par cent chaînes d'airain ce monstre est retenu.
Son cœur lâche et féroce est pétri d'artifices,
Sous des dehors trompeurs, il cache tous ses vices;
Les noms les plus sacrés, lui servent de moyen,
Il est selon le tems *Philosophe* ou *Chrétien.*
Bientôt l'ambition, d'une main inhumaine
Lui dictant ses forfaits, l'arme et brise sa chaîne.
L'affreux monstre aussitôt sur la terre jetté,
Dit, en courant par-tout, qu'il est la liberté.
Le voyant par ces mots suborner tous les ages,
D'Or*** l'alimente et le tient à ses gages.

Au centre de Paris, est un antre pervers (16)
Où le vice effronté tient ces marchés ouverts.
On voit avec horreur, dans ce cloaque infame,
Triompher la catin et l'usurier sans ame,
L'indigne agiotage y paroît au grand jour;
C'est-là que la licence a fixé son séjour.
Bientôt de ce palais d'opprobre et de scandale
Part de mille proscrits la sentence fatale.
O généreux Bayards? chevaliers triomphants?
La classe la plus vile a proscrit vos enfants.
Les odieux complots, la sourde perfidie,
Sous vos paisibles toits, font voler l'incendie,
Vos châteaux, ces séjours de mille ans de vertus,
Par un peuple fougueux sont pillés, abattus.
Les Nobles sont à craindre, ils soutiendroient leur maître,
Qu'on les traite par-tout d'infâmes et de traîtres (17).
Des pamphlets..... que Paris en soit empoisonné,
C'est ainsi qu'au Rincy la ligue a raisonné.
C'est alors, d'Orléans, qu'une hydre monstrueuse,
D'humble, par ton crédit, devient impérieuse;
Elle dévore tout, les fortunes, les droits,
La noblesse, le culte, et les antiques loix.
Rien n'est sacré pour elle, et le trône lui-même
S'ébranle à son aspect..... le sacré diadême
Dépouillé sans éclat va tomber à ses pieds.
Ses ordres font mouvoir des brigands soudoyés (18),
Qui portent en tous lieux, les soupçons, le vertige,
Et la ligue de loin les pousse et les dirige.
Bar ***, Mir *** courent de toutes parts,
Distribuant aux leurs l'argent et les poignards,
Leurs mains en traits de sang, ont marqué les victimes.

O soleil! sans pâlir verras-tu tant de crimes?
L'aurore avoit à peine éclairé les côteaux,
Que tout-à-coup Versaille est rempli de bourreaux,
Et de ces assassins, une infâme cohorte,
S'avance et de la Reine ose assiéger la porte (19).
Les gardes sont rangés pour détourner leurs coups,
Moins nombreux, dans leur sang, ils tombent presque tous.
Alors dans le palais vint fondre la tempête;
La Reine à ces fureurs veut dérober sa tête,
Elle court demi-nue, et dans les bras du Roi
Va chercher un refuge et cacher son effroi.
Peindrons-nous ces époux, que la licence assiege,
Accablés sous le poids d'un parti sacrilege.
En vain ils voudroient fuir, mais leurs tristes regards,
Voyent briller par-tout la pointe des poignards;
La garde est égorgée, une horrible brigade
A brisé du palais la triple barricade.
Le Roi, grand Dieu! le Roi, sous ses pas chancelans,
Cherchant à s'échapper, foule les corps sanglans,
Et les membres épars de sa garde fidelle,
A ses yeux, sous ses pieds le sang encor ruisselle,
Ce sang qui fut toujours prêt à couler pour lui.
Quoi! le meilleur des Rois délaissé, sans appui,
Va tomber sous le fer de ces brigands farouches!
La rage est dans leurs cœurs, le blasphême en leurs bouches,
Du malheur de leur Roi leurs yeux sont satisfaits;
Et l'insulte chez eux est mêlée aux forfaits.
Du Roi, de ses enfans la tombe étoit ouverte;
Déjà le peuple impie avoit juré leur perte,
Quand un autre mortel, (20) non moins ambitieux,

Mais plus adroit sans doute ouvre à chacun les yeux,
Fait voir de son rival le complot détestable.
Les monstres sont frappés à sa voix redoutable.
Mais, ô honte ! ô douleur ! jour à jamais honteux !
Ils s'emparent du Roi, le traînent avec eux ;
Et le Parisien, que ce spectacle enchante,
Célebre de ce jour la pompe flétrissante,
Les sots illuminant, jusques à leur grenier,
Affiche leur opprobre et leur Roi prisonnier.
Tel est le piege affreux, ô France trop crédule !
Où t'a précipitée un projet ridicule ;
De tant de plans fameux en t'offrant les appas,
On creusoit sourdement un piege sous tes pas ;
Mais la raison sévere, au sein des catastrophes,
A poursuivi, pressé tes demis philosophes :
Au tribunal du sage et de la vérité
Leur esprit lâche et bas sera bientôt cité.
Avec un bras d'airain l'implacable satyre
S'apprête à foudroyer ces héros qu'on admire.
Déjà des écrivains, animés d'un beau feu,
Ont arraché le masque à ces Rois sans aveu !
Déjà le ciel, contr'eux, dirige les tempêtes,
Et le foudre vengeur a grondé sur leurs têtes.

LE PATRIOTE.

Eh ! cessez d'employer, avec nous, ces grands mots :
La peur d'un Dieu terrible est faite pour les sots.
Mais pour nous, nous fondons notre patriotisme
Sur L'IRRÉLIGION et sur-tout L'ATHÉISME (20).

FIN.

NOTES.

(1) *Déglantine, Falet, le comte de Lanjeac*, &c.

Depuis que la comédie de Philinte a paru, M. Déglantine a prouvé qu'il avoit de la verve. Avec un peu plus de goût, il pourroit prendre un rang distingué dans la carriere des lettres. Quant aux autres, c'est leur faire trop d'honneur que de s'occuper d'eux; à peine leurs noms ont-ils franchi les barrieres de la Capitale.

(2) *Allez la raconter à l'hôpital des fous.*

Tandis que les Français se regardent comme des grands hommes, que le journal de Paris les encense, que tous les théâtres de la Capitale leur prodiguent des éloges, il est assez plaisant, d'un autre côté, de voir tous les peuples de l'Europe les traiter de foux. Jusqu'à quel point va l'illusion!

(3) *Pour vos Jourdains nouveaux que n'est-il un Moliere!*

Il est exaucé ce vœu : une piece de théâtre est faite sur la manie ridicule des Français; elle paroîtra bientôt pour épouvanter la sottise, et renverser le trône qu'elle a érigé à tant de prétendus grands hommes.

(4) *Vous n'êtes, je le vois, que des aristocrates.*

Aristocrates, aristocrates! je n'entends que répéter ce mot. A peine ceux qui le prononcent en connoissent-ils la vraie signification; mais il falloit perdre des ennemis, indisposer le peuple contre eux, et on leur a donné le titre odieux d'*aristocrates*. C'est ainsi que les fanatiques de la ligue traitoient d'huguenots leurs ennemis. Croit-on qu'il y ait une grande différence des fanatiques de ce tems, aux fanatiques de nos jours ? Attendez encore un moment, ô Français! et cette Saint-Barthelemi, dont la mémoire vous est si odieuse, se renouvellera. Déjà la motion d'égorger la Reine & toute la noblesse a été faite au Palais-Royal.

« Le fer ne connoîtra ni le sexe, ni l'âge ».

Je décele ce projet infernal au tribunal des gens sensibles, au tribunal des hommes à qui il reste encore un peu de raison et d'humanité.

(5) *Pour rendre libre enfin cet esclave univers.*

C'est peu de se nuire à eux-mêmes, les Français ont la manie de vouloir convertir tous les peuples; ils portent l'aveuglement jusqu'à croire que le monde entier va les imiter. Quoi! les Indiens, les Chinois renonceroient à leurs principes, à leurs antiques usages, pour se calquer sur un peuple de fous ? Il passeroit de l'ordre le plus parfait, dans l'anarchie la plus complette ! Quelle extravagance d'avoir eu cette idée ! ô France ! ta situation est un spectacle trop déplorable, aucun peuple ne sera jamais assez insensé pour oser suivre ton exemple.

(6) *Si Dumoulin toujours.....*

On permet les écrits les plus incendiaires faits pour porter le peuple à mille affreux excès; et l'on veut proscrire les Actes des Apôtres, l'Ami du Roi, la Gazette de Paris, le Journal Politique national, et d'autres encore qui ne flattent pas assez ces Messieurs. Qu'importe, en effet, que toute la France soit égorgée, que le Royaume soit perdu, pourvu que ces Messieurs aient des prôneurs, et qu'ils jouissent tranquillement du titre de grands hommes qu'ils ont acheté si cher.

[7] *Cadet, l'Apothicaire a beaucoup fait pour nous.*

Ce Cadet, frere de l'ancien Rédacteur du Journal de Paris, y fournissoit lui-même les articles les plus brillans. Il abandonna la casse et le séné pour faire une révolution par ses phrases. Les Marchands de Paris, à son exemple, ont quitté leurs boutiques, pour briller dans le grade d'officier. Ils pourroient bien, par la suite, être obligés de faire banqueroute. Je ne sais si leurs créanciers applaudiroient à ce beau résultat de leur patriotisme.

(8) *Dans d'absurdes pamphlets entassez des grands mots.*

On a brouillé l'esprit de ce pauvre peuple en lui jettant quelques grands mots à la tête; au défaut des raisons, n'importe on a toujours des mots, et l'on vient de faire un dictionnaire des mots nouvellement mis en vogue par ces MM. Aussi comme un mot brillant a toujours plus d'effet qu'une idée saine, on aime mieux l'employer; c'est d'ailleurs plus facile.

(9) *Pourroit faire la barbe à Jean-Jacques Rousseau.*

C'est la prétention de ces Messieurs : il n'y en a pas un qui ne se croie plus éclairé que les Solon, les Platon, les Minos, les Numa et plus nouvellement les Montesquieu, les Rousseau, les Mably. C'est avec la meilleure foi du monde, qu'ils disent en savoir plus qu'eux. Les pauvres gens, ils n'ignorent rien, hors leur incapacité et leur sottise.

(10) *Pour*

(10) *Pour être vraiment libre il faut avoir des mœurs.*

Il est à remarquer que la corruption s'est accrue de deux degrés depuis la révolution. Les fill s, qu'on ne renferme plus à l'Hôpital, abondent dans les rues de Paris, et sur-tout dans leur Empire accoutumé, le Palais Royal. Le peuple a des spectacles sans nombre à choisir; mais à peine a-t il du pain. Cependant les législateurs anciens et modernes avoient posé pour base de toute constitution la pureté des mœurs. Est ce les principes des Législateurs du jour ? Je le laisse à juger.

(11) *Et mon cousin Lameth.*

Ce Monsieur de Lameth a toujours conservé le même métier : autrefois bas flatteur de la cour, aujourd'hui bas flatteur du peuple ; sa facilité de changer de parti et de se plier aux circonstances, fait voir combien il à l'ame noble et généreuse, et combien il est digne d'être le petit-fils d'un contrebandier.

(12) *Mais laissez faire, un jour nous les lanternerons.*

Après avoir dépouillé la Noblesse et le Clergé de leurs privilèges pécuniaires et honorifiques; ce n'est pas assez, on a voulu les détruire tout à fait, sous prétexte que c'est de leur perte que dépend la Constitution nouvelle. Homme de sang, pour affermir une Constitution que vous ne connoissez pas et qui sera peut-être plus vicieuse que l'ancienne, vous parlez de détruire ? Qui ! la classe qui a rendu le plus de service à la France ! Oubliez-vous que la Noblesse a gagné la bataille de Fontenoy, et que sans elle peut-être vous ne seriez plus Français ? Et vous méditez sa destruction ! Voici le passage d'un poëme qui paroîtra un jour sur ce sujet.

« Songez à Fontenoy, nos bataillons nombreux,
» D'un bataillon serré heurtoient les flancs poudreux.
» Une épaisse colonne horrible et foudroyante,
» Portoit dans tous les rangs la mort et l'épouvante;
» Mille efforts réunis ont contr'elle échoués.
» Quand des guerriers de choix, de Cherin avoués,
» A peine une poignée affronte cette masse,
» La choque avec fracas, la brise et la terrase.
à Combien de plus haut faits pourrois-je vous citer!
» Qu'à chaque pas l'histoire est prête d'attester.
» Mais déjà des guerriers de la même origine,
» Avoient sauvé l'Etat dans les champs de Bovine ».

(13) *Ce forfait est resté dans l'ombre de la nuit.*

Le châtelet a voulu l'en tirer, mais le comité des recherches s'y est opposé. Il paroîtra tôt ou tard, cet exécrable complot; envain les coupables et leurs complices cherchent à en dérober la connoissance; mais les dépositions sont faites, non-seulement au châtelet, mais chez des notaires de Paris, et même en pays étranger; rien ne peut empêcher que ce projet ne sorte de la nuit où il est enseveli, malgré les motionnaires du Palais Royal qui l'excusent. La France et l'Europe indignées crient vengeance. Qu'ils tremblent les coupables; ils ont égaré le peuple et l'ont porté au crime, mais le jour de la justice arrivera et les Cromwels seront démasqués.

(14) *Eh oui, l'abbé S*** travaille dessous lui.*

J'ai vu cet abbé S*** travailler à la ruine de sa patrie six mois avant la révolution. Il se renfermoit avec l'évêque d'Au *** pour forger en secret les ressorts d'une ligue exécrable qui alloit plonger la France dans un précipice sans fond. Ces deux hommes avoient une liaison intime avec le duc d'Or***. Dès ce moment, j'ai auguré que tout étoit perdu, puisque le duc d'Or*** y mêloit son génie malfaisant. En effet, est-il possible qu'un homme, qui, toute sa vie, s'est vautré dans la fange, dont les vices les plus infâmes & la lésine la plus crasse ont été le partage, soit animé du sentiment généreux du patriotisme ? Non, la nature ne fait pas de pareille métamorphose. Il est trop ordinaire de voir des ambitieux se cacher sous le masque de la bienfaisance et de l'amour du peuple, afin d'en venir plus sûrement à leur but. Le tableau de l'histoire ne présente que trop à nos yeux de ces hommes-là ; et le crime encore présent de Cromwel devroit faire trembler les Français.

(15) *Au centre de Paris est un antre pervers....*

Je dois cette peinture du Palais-Royal à un N°. du journal de M. de Rivarol. Je ne fais que répéter en vers ce qu'il avoit dit en prose très - élégante. Je regrette de n'avoir pas ce passage sous les yeux pour le reproduire ici. Au reste, je ne puis me défendre d'un sentiment d'admiration pour les talens de ce charmant auteur, qui supérieur dans tous les genres méritera de nos jours le premier rang dans la littérature. Son aveu prouve, mieux que tout ce qu'on en pourroit dire, l'excellence de notre cause. Lui seul est capable d'écraser tous les *Populus* & *les Cousins Jacques* possibles.

(16) *Qu'on les traite par-tout d'infâmes et de traîtres.*

On a voulu trouver des coupables dans tous les Nobles, on leur a supposé même des crimes auxquels ils n'avoient jamais pensé, & l'on hésite de punir les scélérats du 5 au

6 octobre. C'est, dit-on, le crime de la Nation entiere. Quoi ! la Nation entiere s'est porté à Versailles pour assassiner l'épouse de son Roi, ses enfans, et peut être le Monarque même ! Quoi ! cinq à six mille gredins, échappés aux supplices les plus infâmes, sans principes, sans honneur, seroient la Nation ! Quelle idée se fait-on d'elle aujourd'hui ? Ah ! si le rebut de toute société policée compose la Nation Française, qu'elle est dégradée cette Nation, jadis si grande !

(17) *Ces ordres font mouvoir des brigands soudoyés.*

Lorsque Richard-Cœur-de-Lion sortit de sa prison, Philippe-Auguste écrivit au frere de Richard, *prends garde à toi, Jean sans terre, le Lion est sorti de sa chaîne.* De même je puis m'écrier aujourd'hui, *prenez garde à vous, ô bons Français ! les monstres sont réunis.* Oui, cette cabale infernale, qui soudoya des brigands pour dévaster la province & incendier les châteaux ; des brigands, qu'elle disoit payés par les aristocrates. Eh bien ! cette cabale, divisée en deux clubs, vient de se réunir à la nouvelle qu'un danger commun menaçoit. Coupables & complices à la fois d'un crime qui fait frémir la nature, ces scélérats ont senti que séparés, ils seroient trop foibles, ils se sont réunis pour étouffer cette procédure ; mais ils ont beau faire, la tache reste imprimée ; ils sont dénoncés au tribunal de l'équité, ils ont l'Europe entiere pour juge. Leur pouvoir étoit fondé sur l'opinion ; mais nous pouvons leur dire avec Voltaire :

» Tremblez malheureux Rois, votre regne est passé ».

Ils ont fait publier, par leurs faiseurs de libelles, que les amis du Roi étoient les amis du *livre rouge*, parce qu'ils ayent frémi de rage de voir tout Paris applaudir à ce vers de Tarare..

» Le respect pour les Rois est le premier devoir ».

Oui, malgré les principes erronés dont ils ont infecté leur patrie, il est encore de vrais Français, non amis du *Livre rouge* & des anciens abus dont ils étoient la victime ; mais de l'ordre, mais des loix, mais de la religion, que ces messieurs de la prétendue Assemblée Nationale ont détruits. Voyez ce qu'en dit, non le *livre rouge*, mais le *livre jaune* ou le tableau de la conduite de l'Assemblée prétendue Nationale. Là, vous aurez, mes bons Français, un ample détail des sottises et des atrocités de ces messieurs.

(18) *S'avance et de la Reine ose assiéger la porte.*

Un crime de *leze-majesté* au premier chef n'est pas un crime de *leze-Nation !* Voilà ce qu'on ose répéter : et qu'est-ce donc, gens vils ? Vous qui jadis étiez espions de police et les suppôts du plus affreux despotisme que nous détestions ; voudriez-vous bien nous expliquer la différence que vous mettez entre ces deux especes de crimes, à présent que vous êtes devenu démagogue ; mais votre rôle sera éternellement la bassesse ; je rougis de vous interroger. Vous avez été complices des coupables ; & vous voulez les défendre actuellement, voilà votre secret : il n'est pas difficile à pénétrer.

(19) *Quand un autre mortel.*

O la Fayette ! serois-tu encore le héros de la nouvelle Angleterre ? Toi qui a appris à veiller aux plaines de l'Amérique ; toi, actif dans les moindres occasions, tu dormois lorsque la vie de ton Roi étoit en danger ! lorsque son palais étoit entouré de brigands ! lorsque des assassins assiégeoient l'appartement de son épouse Toi ! qui fais si bien la police à Paris, et qui surpasses en habilité, les Sartine, les Le Noir ; toi, dont les espions remplissent les cafés et les maisons les plus respectables, as tu bien pu t'oublier dans cette occasion. Ainsi les plus grands hommes font des fautes ; ainsi Annibal négligea d'aller assiéger Rome après la bataille de Canne. Ainsi le génie de la Fayette a sommeillé dans le moment le plus important de sa vie. N'importe, ô la Fayette, tu n'en es pas moins un grand homme. Les Français, de quel parti qu'ils soient, te doivent beaucoup. Reçois donc mon hommage, il te sera moins suspect de ma part, que de celle de ces personnages que la peur ou la bassesse ont jetté dans ton parti.

(20) *Sur* L'IRRÉLIGION, *et sur tout* L'ATHÉISME.

Messieurs de l'Assemblée ne cachent pas leurs vues à cet égard. Ils ne veulent plus de religion ; elle est inutile selon eux. Je ne réfuterai pas ces principes contraires à ceux des législateurs les plus célebres de l'antiquité ; d'ailleurs le mérite de ces messieurs ne souffre pas de comparaison. Mais je dois restituer au public la fin de la satyre telle qu'elle étoit avant d'être changée.

LES MUSES..

« Déjà des écrivains emportés d'un beau feu,
» Ont arraché le masque à ces rois sans aveu.

» Leurs mains, aprés ce coup, leur en prépare d'autres,
« Qu'ils tremblent en lisant les actes des Apôtres.

LE PATRIOTE.

» Ils ne peuvent jamais leur faire un très-grand mal.
» Du furieux Marat n'ont-ils pas le journal ?
» Lui, nous le protégeons, car sa mâle éloquence,
» Tend à faire égorger la moitié de la France.

LES MUSES.

» Et le peuple est séduit par de tels charlatans !

LE PATRIOTE.

» Comment, en doutez-vous ? nos projets éclatans,
» Ont trop bien, croyez-moi, captivé le vulgaire ;
» Mais à vos doux avis nous devons un salaire.
» Près d'un peuple aveuglé, qu'on souleve à propos (1)
» On va vous accuser de mille affreux complots.
» Des juges, des témoins, vendus aux patriotes,
» produiront contre vous les plus terribles notes.
» Ce procès, une fois, vous tombant sur les bras,
» Craignez le Châtelet et le sort de Favras.

---

(1) Le propos que M. de Mirabeau l'aîné a tenu à la séance du 21 Août, vient à l'appui de ce qu'on avance.

NOTE DE L'EDITEUR.

L'auteur de cette Satyre s'occupé actuellement d'un poëme. Intitulé: *la Revolution*, où les Conspirateurs ne seront pas ménagés. Là, se déploieront les complots, les cabales de tous ces personnages obscurs, qui, sur les débris de l'ancien Gouvernement, ont élevé un despotisme plus arbitraire que celui de l'Asie, qui pour nourrir la férocité du peuple, dont ils ont besoin, l'alimente du sang des innocens, qu'ils di ent criminels *de Leze - Nation*. Espece d attentats dont ils n'ont pas donné encore une exacte définition, et sur lequel ils n'ont pas statué de loix.

Fin des Notes.

www.ingramcontent.com/pod-product-compliance
Ingram Content Group UK Ltd.
Pitfield, Milton Keynes, MK11 3LW, UK
UKHW021203230726
13926UKWH00001B/268

9 782014 067187